RIMES

CONTEMPORAINES

PAR L. L.

PARIS

IMPRIMERIE DE J. CLAYE

7, RUE SAINT-BENOIT

—

1872

RIMES

CONTEMPORAINES

RIMES CONTEMPORAINES

PAR L. L.

PARIS

IMPRIMERIE DE J. CLAYE

7, RUE SAINT-BENOIT

—

1872

SATIRE PREMIÈRE

—

1870!

1870 !

A qui parle de paix, moi, je réponds : la guerre.
La paix? je la voudrais, je la voulais, naguère,
Mais avant que le pied d'un coursier d'outre-Rhin
N'ait touché notre sol de son sabot d'airain;
Mais avant qu'un Prussien n'ait souillé ce royaume,
Mais avant un Bismark, mais avant un Guillaume.

Ainsi depuis dix ans, ces barbares du Nord,
Se seront ramassés pour un immense effort!
Ils auront, sourdement, ces hommes de rapines,
Dans l'ombre, préparé leur œuvre de ruines ;
Détestables brigands blottis dans les forêts,
Ils auront déguisé leurs criminels apprêts ;

Puis, un jour, contre nous, imprudents que nous sommes,
Ils auront pu lancer leurs douze cent mille hommes,
Incendier nos champs, bombarder nos cités,
Et transformer en parcs nos temples dévastés !
Égorger les vieillards, décimer nos familles,
Sous les yeux des parents déshonorer les filles !

Et quand ils l'auront fait, nous leur dirions : merci !
Non, vous n'avez pas vu, vous qui parlez ainsi.
Ce septuagénaire arc-bouté d'un ministre,
Ce monarque au visage et mystique et sinistre
Dont le frère mourut n'ayant pas sa raison,
(Car la folie était l'hôte de leur maison) ;

Vous ne l'avez pas vu parader sous son casque
Ce conquérant dévot à qui Dieu sert de masque,
Vieillard auquel la France eut l'imbécillité
D'offrir, royalement, son hospitalité,
Quand il vint escorté de son valet de chambre
Étudier comment un pays se démembre.

Non, vous n'avez pas vu ce ministre soudard,
Couleuvre à Biarritz, mais vipère plus tard,
De la corruption se faisant une étude,
Estimer qu'il n'existe aucune turpitude
Qu'on ne doive excuser, aucun vil attentat,
Pourvu que le succès en fasse un résultat.

Non, vous n'avez pas vu cette entrée en campagne!
Ce pseudo Richelieu, ce pseudo Charlemagne,
Alors qu'ils fusillaient nos pauvres paysans,
Alors qu'ils ruinaient la France pour vingt ans,
Sous leur hypocrisie, allumant leurs colères,
Berner les cabinets avec des circulaires !

La France s'était fait de coupables loisirs;
Elle s'allanguissait dans le sein des plaisirs.
Dieu voulut la punir; sa justice fit naître
Deux hommes, deux fléaux : un valet et son maître;
Double instrument humain dont son bras s'est servi;
Mais Dieu les brisera, son courroux assouvi !

Voyez cet Attila doublé d'un Louis onze,
Sorte de Gengiskan ayant des airs de bonze.
Il pare ses forfaits du nom très-saint de Dieu.
Non, vous ne serez pas, Bismark, un Richelieu,
Pas plus que votre maître, après cette campagne,
Ne sera Charles-Quint, encor moins Charlemagne.

Détrousseurs de cités ! le Danemark, d'abord ;
Puis l'Autriche, puis nous ; vol au Sud, vol au Nord.
Ils ont dit, pour voiler leurs appétits voraces :
« La guerre entre nous, c'est : la guerre entre deux races,
C'est le combat sans fin, l'extermination,
La France doit cesser d'être une nation !

Il coule dans la Sprée une eau rare et malsaine,
Il faut pour affluent lui déverser la Seine,
Car Paris désormais ne sera qu'un faubourg
De l'ancien et petit duché de Brandebourg. »
Seigneur, en qui je mets toute mon espérance,
Est-ce pour ces gens-là que vous fîtes la France ?

La guerre donc! la guerre!! oui la guerre sans fin!
Que le cri s'en répande aux remparts de Berlin,
Que la France, debout, ma France bien-aimée,
Se lève formidable en une seule armée!
Quand le sol est foulé, la patrie en danger,
Oui! tous les bras sont forts pour chasser l'étranger.

Du moment qu'Annibal est aux portes de Rome,
Le vieillard rajeunit, et l'enfant devient homme;
Les femmes ne sont plus les femmes du foyer;
Qu'entre leurs mains on voie un glaive flamboyer,
Quelle que soit la force à combattre, ou le nombre,
Qu'ils tombent au soleil ou périssent dans l'ombre!

Mendier le salut, solliciter la paix,
Quand ils se sont couchés, bottés, dans nos palais!
Leur livrer nos trésors, leur céder nos provinces;
Des fruits de notre sol nourrir leurs petits princes!
Plier sous ce Bismark et ce Guillaume là!
Nos veines ont encor trop de sang pour cela.

Oui! vous retournerez, bandits, dans vos repaires;
Nous vous balayerons, comme autrefois nos pères
Balayaient devant eux vos bataillons impurs.
Et, plus tard, si nos fils découvrent sur nos murs
Quelque trace hideuse et de sang et de boues,
Ils sauront que le reste est encor sur vos joues!

Mais si Dieu nous laissait, terrible châtiment,
Impuissants et meurtris sous l'orgueil allemand,
Qu'un jour nos descendants, mieux pourvus que leurs pères
De ces vertus qui font les nations prospères,
Bondissent sur Berlin, ô fils régénérés,
Et plantent dans ses murs nos insignes sacrés!

OLIM ET NUNC

OLIM ET NUNC

Vous paraissiez connaître au moins l'histoire, Sire,
Quand vous prîtes en mains les rênes de l'Empire,
Et vous ne saviez pas que la France, autrefois,
Fit la guerre longtemps contre Ferdinand trois,
Jusqu'à ce qu'un traité, celui de Westphalie,
Créât une Allemagne impuissante, affaiblie.

Politique si sage, instinct de nos aïeux,
Qu'êtes-vous devenue? Il a cru faire mieux ;
Et ce que Richelieu, Mazarin ont su faire,
Il s'est évertué, vingt ans, à le défaire!
Myrmidon qui corrige une œuvre de géants!
Et nous voilà jetés dans les gouffres béants!

Non, je n'écrase pas les têtes renversées ;
Mais vous, le souverain, l'homme aux vastes pensées,
Aviez-vous découvert, en commentant César,
Que l'Europe ainsi faite était due au hasard?
Direz-vous aujourd'hui que la France préfère
A dix États chétifs un robuste adversaire?

Nos ancêtres croyaient, dans leur naïveté,
Que le droit était un, qu'une était l'équité.
Ils criaient au voleur et prenaient leur épée,
Pour venger l'innocent, la bonne foi trompée,
Quand un prince, fût-il croyant ou sarrasin,
Attaquait un plus faible et pillait son voisin.

Mais vous, le créateur d'une morale type,
Sire, vous avez fait de la force un principe ;
Tout est légitimé par les faits accomplis.
Vous endossez l'habit, impurs qu'en soient les plis !
Arrière le vieux droit, arrière la justice !
Le point essentiel est que l'on réussisse.

Nous nous en souviendrons de Cavour, de Bismark !

Tous les deux ont tendu les cordes d'un même arc ;

Et vous avez coiffé le képi de campagne

Pour faire une Italie unie à l'Allemagne,

Sire, et pour que la France, au nord-est, au midi,

Sur sa double frontière eût un double ennemi !

Notre France éprouvait l'amitié sympathique

De la vieille Russie et la jeune Amérique,

Et, puissante au milieu, forte sur les côtés,

S'était fait des appuis à deux extrémités.

Vos guerres ont partout semé les défiances :

Cherchez bien maintenant où sont nos alliances ?

Les faits ont leur logique, et la désertion

Politique ou morale a sa punition.

Qui transige une fois bientôt encor transige.

Nos désastres sont nés sur les bords de l'Adige :

Biarritz fit Sadowa, malheur correspondant ;

Et Castelfidardo nous a valu Sedan !

La France ne peut pas, ainsi que l'Angleterre,
S'enfermant dans une île, éviter toute guerre,
Tenir la haute mer comme sur un radeau.
Ni défier autrui dans sa ceinture d'eau :
Si d'un côté la mer la baigne et l'enveloppe,
Ses trois autres côtés sont ouverts à l'Europe.

Qu'importait après tout, nous importe-t-il tant
Que le czar fît des yeux moins tendres au sultan ?
Que l'Anglais égoïste et le fier Moscovite,
Aux rivages indiens se rendissent visite ?
Et que les deux rivaux, jaloux des mêmes fins,
Laissassent des lambeaux de leurs chairs aux chemins ?

Quels fruits a rapportés la guerre de Crimée ?
Nous avons prodigué nos trésors, notre armée,
Pour servir l'Angleterre, et détruit des vaisseaux
Mieux faits pour naviguer avec nous, dans nos eaux.
Sébastopol brûlé, qu'a rapporté sa cendre ?
Un sourd ressentiment dans le cœur d'Alexandre.

Sans songer aux noirceurs de leur futur dessein.

Vous avez réchauffé, Sire, dans notre sein,

Deux serpents, sous la peau, chacun, d'un diplomate

Qui se moquait de vous à se fouler la rate;

Car ce même Bismark et ce même Cavour,

Ont depuis... Mais alors, ils vous faisaient leur cour.

L'Autriche, en Italie, affichait l'arrogance;

Il fallait amoindrir sa trop grande influence,

Modifier un peu les errements caducs,

Changer en amitié l'hostilité des Ducs:

Mais non d'un Piémont exalter l'attitude,

Car qui dit : Italie, a dit : ingratitude.

Impassible parmi ce désordre malsain,

Un pouvoir subsistait, pouvoir auguste et saint,

Pouvoir qu'impunément jamais l'homme ne sape;

Et la France tomba lorsqu'est tombé le pape.

Dieu saura rétablir le pape au Vatican :

Mais rendra-t-il la gloire à notre France? Et quand?

SATIRE TROISIÈME

—

L'ANGLETERRE:

«MY DARLING, MY DARLING!»

L'ANGLETERRE

L'Angleterre, disait, égoïste, et de loin :
« Depuis mil huit cent six (le monde en est témoin),
De la France, je fais ce que je veux ; j'exerce
Sur mon naïf voisin, mon occulte commerce ;
Et ses rois, objectifs de mes petits travaux,
Ne vivent guère plus que l'âge des chevaux.

« Il est bien peu de plats que ma main ne lui serve ;
Monarques fugitifs, prétendants de conserve,
Comparses précieux, choyés avec amour,
J'en fais collection ; tous, ils auront leur jour ;
Assassins patentés, sociétés secrètes,
Je numérote tout avec des étiquettes.

« Ces Gaulois (car je sais varier mes moyens)
Aiment à se traiter parfois de « citoyens »;
Je leur permets alors un peu de République;
Régime intermittent; ainsi je leur applique
La maxime appliquée à nos charmants Indous :
« La faiblesse d'autrui, c'est la force chez nous. »

« Ils ont, ces bons Français, le sang atrabilaire :
Ma bourse, par instant, seconde leur colère;
Les gredins de Paris sont mes amis, de droit;
Au travail régulier, ils joindront, par surcroît,
Quand ils voudront punir leur souverain maussade,
Le pratique travail de quelque barricade.

« Napoléon premier m'exécrait, autrefois;
J'ai lancé contre lui plusieurs meutes de rois,
Et comme, en général, je hais que l'on me gêne,
Je l'ai fait lestement filer sur Sainte-Hélène.
Au surplus, le Bourbon se trouvait mécontent,
Puisqu'on l'avait chassé, de n'en pas faire autant.

« Quant au vieux Charles dix, il eut le tort extrême,
De prétendre traiter ses affaires lui-même :
Il advint qu'un beau jour (son cher cousin aidant),
Alors qu'il châtiait un Arabe imprudent,
On lui prit sa couronne; or, cette maladie
Se nomme en Angleterre : « Algériomanie. »

« Du reste, les cadets sont, dit-on, destinés,
Dans les nobles maisons, à chasser leurs aînés.
Louis-Philippe était un bien excellent homme :
Bon père, bon époux, sans façons, économe :
Pour la guerre n'ayant que des velléités;
Toujours content; enfin, toutes les qualités.

« Seulement, il aimait, à l'excès sa famille.
Quelle obstination! vouloir pour bru, la fille
D'une reine d'Espagne! Un détestable goût!
Cet entêtement-là ne m'allait pas du tout;
J'ai dû souscrire alors pour une somme énorme
Au banquet parisien donné pour la Réforme.

Dix-huit an' sans émeute et sans qu'on ait planté
Dans Paris, un petit arbre de liberté ?
Dix-huit ans de repos et de calme existence
Où sa vitalité refaisait sa puissance ;
C'était trop long pour lui, trop pour moi ; mon voisin
Mérita bien alors les massacres de Juin. »

Voilà comment John Bull se jouait de la France.
Notre pauvre pays, brisé par la souffrance,
Aux rois républicains préférant d'autres rois,
Se jeta dans les bras de Napoléon trois.
Identiques effets issus des mêmes causes :
Albion présidait à nos métamorphoses.

Il l'avait dit pourtant « l'empire c'est la paix. »
Aussitôt nos vaisseaux, nos bataillons épais,
Pour servir les desseins d'une voisine aimée
Abordent en Russie, assiégent la Crimée,
Et nous voilà jouant encor le même jeu !
N'avions nous pas tiré bien des marrons du feu ?

L'orage était prochain ; des hordes abhorrées

De Germains, dix contre un, fondent sur nos contrées,

Femmes, vieillards, enfants : ils ont tout immolé !

L'ange de notre France, hélas ! s'est envolé !

Tandis que ces forfaits épouvantent la terre,

La Russie est boudeuse ; où donc est l'Angleterre ?

Avec nos ennemis ! dans leur camp, à leur cour !

Sébastopol a fait capituler Strasbourg !

Vous n'êtes pas entrée, en personne en campagne ;

Mais vous nous fîtes plus de mal que l'Allemagne.

O Reine ! Chacun sait tout ce que nous coûta

Votre posthume amour pour Albert de Gotha !

L'hypocrite pitié, c'est encor de l'astuce :

Vos deux gendres étaient auprès du roi de Prusse.

Votre *Times*, payé par le grand chancelier,

Bavait sur nos soldats son venin journalier,

Et vous n'avez rien dit (Reine, craignez l'histoire !),

Lors du démembrement de notre territoire.

Mais lorsque la fortune eut gorgé le vainqueur,
Vous eûtes un semblant de repentir au cœur,
Et l'Angleterre aida la France... par des vivres !
O mon pays ! pendant les combats que tu livres,
Ceux-là pour qui ton sang a coulé, par tous bords,
T'offrent un peu de bière et des viandes de porcs !

Madame, quand un peuple aussi grand que le nôtre
A répandu son sang pour épargner le vôtre,
Et qu'il a combattu dans les champs Criméens,
Pour vos seuls intérêts, au détriment des siens ;
Quand on a recherché si fort son alliance,
On lui doit, par pudeur, quelque reconnaissance !

A moins qu'on ne le juge indigne ou ravalé,
On ne s'acquitte pas avec du bœuf salé ;
Notre sol dévasté, nos monuments détruits,
Ne se réparent pas avec quelques biscuits.
Votre gin ne vaut pas le sang de nos entrailles,
Et nous plaçons l'honneur avant les victuailles.

La reine, dira-t-on, n'est pas le peuple Anglais?

Sans la reine, on nous eût secourus sans délais?

C'est là d'un procureur la subtile formule;

Quand il n'avance pas, tout allié recule;

Lorsqu'il s'agit de dette à payer galamment,

Un peuple doit peser sur son gouvernement.

Je conclus et je dis, nettement, à voix haute :

Accueillons bien John Bull quand il sera notre hôte,

Mais ne nous posons plus en errants chevaliers;

Au jour qu'il cherchera de naïfs alliés,

Qu'il porte sa requête à quelque autre royaume,

Ou s'en aille fourbir le casque de Guillaume.

ENSE ET CRUCE

ENSE ET CRUCE

Sur leurs noms glorieux que ma plume s'arrête ;
Quels hommes! quels héros! Cathelineau, Charette,
Dans ce siècle d'erreurs, de plaisirs et de doute
Où plus d'un cœur défaille au milieu de la route,
Honneur aux gens de bien qui dépensent leur vie
A combattre pour Dieu, lutter pour la patrie.

Les autres se sont dit : « Nos pères ont bien fait
De nous créer un nom avec quelque haut fait.
Antiques amateurs des grandes épopées,
Ils se frayaient leur route au fer de leurs épées.
Pardonnons, pardonnons, à ces coqs de combats
D'être montés si haut, eux partis de si bas!

Foin du militarisme et des guerres cruelles;

Plus doux est de monter à l'assaut des ruelles.

Bast! Qu'on insulte Dieu, qu'on raille notre foi,

Ces perturbateurs-là sont punis par la loi.

Le Pape est spolié? Mais c'est là son affaire.

Dieu le défendra mieux qu'on ne saurait le faire.

Et ces jeunes messieurs, aux traits abâtardis,

Céderaient volontiers l'honneur de leur pays,

Pourvu que Lélia, leur sultane secrète,

Soit bien emmitouflée en sa chaude douillette

Et que la chère enfant, de sa petite main,

Choisisse le faux col qu'Edgard mettra demain.

Les courses! Ah! voilà leurs périlleuses luttes!

Ces messieurs font courir, les jockeys font les chutes,

Tandis que Lélia, dans son char découvert,

S'attendrit sur le sort d'un jockey jaune ou vert;

A ce point que le soir, elle a peine à connaître

La pitié de l'amour et le jockey du maître!

C'est ainsi qu'on les aime ou qu'on se moque d'eux,
Puis quand il a mangé, très-vite, un oncle ou deux;
Edgard fait une fin, il grossit; il se range;
Il devient magistrat, ou bien agent de change.
C'est alors qu'on l'entend, austère procureur,
Contre les mœurs du jour tonner avec fureur!

Ce qui n'empêche pas, souvent qu'il se ménage
L'agrément clandestin d'un deuxième ménage.
Arrière, troupe folle! arrière, cœurs pervers!
Votre corruption cause tous nos revers;
La maison doit crouler quand tremblent ses colonnes,
Et ce sont ces gens-là qui font les Babylones.

Mais Dieu qui fit surgir Clovis et Constantin,
Ne nous laissera pas dans ce pire destin.
Le Dieu de saint Louis, ce maître à qui tout cède,
Auprès du mal impur a placé le remède.
Et dans la cité même où vivent les lépreux,
Il a su faire naître une race de preux.

Ceux-ci, les dignes fils, nobles ou non, qu'importe,
D'intrépides aïeux, veulent la France forte.
Ces hommes ont aussi la fortune et le nom;
Ils ne sont pas, messieurs, de la chair à canon
Plus que vous, moins que vous; mais leur poitrine crie
Quand on blasphème Dieu, qu'on touche à leur patrie.

O champs de Mentana de leur sang arrosés,
Enseignez leurs devoirs à ces petits frisés;
Et si dans les dédains leur lâcheté se drape,
Ah! redites-leur bien que les soldats du pape
Meurent pour un vieillard, plus roi que tous les rois,
Une main sur l'épée, et l'autre sur la croix!

Comme vous ils pouvaient, les hommes que je cite,
Mener une existence oisive et sybarite;
Mais ils ont préféré, gardiens du Vatican,
Aux coussins d'une alcôve un bois de lit de camp.
Et loin des lieux où dort l'oisiveté malsaine,
De leur glaive, ombrager la tiare romaine.

Italie! Italie! ingrate nation!
Vous imploriez pourtant notre protection,
Suppliante à nos pieds, quand l'Autriche irritée
Voulut vous infliger la leçon méritée;
Et nos soldats versaient le plus pur de leur sang
Pour vous faire un pays, peuple reconnaissant!

Nous nous sommes laissé prendre à vos élégies;
Nos armes vous faisaient des bornes élargies
Et vous nous abusiez en flattant l'empereur,
Quand nous mourions pour vous, ô ridicule erreur!
Et cet aventurier que vous blâmiez en face,
Vous le poussiez sur Naple, à vous faire une place.

Sous feinte de secours au Pontife Romain
C'est à Garibaldi que vous tendiez la main.
En vulgaire brigand qui ravit un domaine,
Vous attaquiez le Pape. Oh! la justice humaine?
Après vos trahisons et Castelfidardo,
L'empereur vous obtint Venise pour cadeau.

Et plus tard, dans un jour et néfaste et plus sombre,
Quand la France luttait, seule, contre le nombre,
Vous avez bien osé contempler, sans remord,
L'arme au bras, la sauvage invasion du Nord;
Puis foulant à vos pieds les promesses écrites,
Montrer au Vatican vos faces hypocrites!

Ce jour de nos revers, que Florence épia,
Vit les zouaves prêts à la Porte-Pia;
Mais noblement ému de leur valeur trompée,
Le vicaire du Christ ordonna que l'épée,
Désormais inutile en face d'un bourreau,
Jusqu'à des temps meilleurs fût remise au fourreau.

Mais épris du danger bien plus que de la gloire,
La sainte légion court du Tibre à la Loire;
Après Dieu, la patrie; encor dix contre cent;
Chacun d'eux sait le sort d'un courage impuissant,
Bataille de Patay, vous le savez aussi!
Comme ils mouraient là-bas, ils vont mourir ici!

De quatre cents partis pour l'inégal duel,

Cent cinquante le soir répondaient à l'appel.

C'est là que sont tombés, presque à leurs premiers lustres,

Ces mâles héritiers de tant de noms illustres.

Officiers et soldats, sublimes entêtés,

Se ruaient... et la mort les a seule arrêtés.

De Montcuit, de Ferron, les deux de Bellevue,

Tous se précipitaient vers une fin prévue;

C'est là que fut blessé l'héroïque Sonis,

C'est là que de Bouillé périt avec son fils,

Que Vogué, Verthamon, Lambilly, de Troussures,

Et tant d'autre héros râlaient sous leurs blessures.

Vous l'avez défendu ce cher et saint drapeau

Du Pontife Romain! le Parmentier, Landeau,

De Bouillé, Verthamon! vous aussi Casenove;

Et, pendant que la ligne ou défaille ou se sauve,

Pendant qu'un dictateur décrète de son lit

Le triomphe ou la mort, nul de vous ne faiblit.

L'étendard du Saint-Père, immaculé symbole,
Sillonné de leur sang comme d'une auréole,
Passa de mains en mains, par cinq fois dans leurs rangs.
Sous le dernier baiser de ces preux expirants.
Ils mouraient dans ses plis, ils vivront dans sa gloire!
Leur défaite ici-bas, fut au ciel leur victoire.

Ah! si le sang béni de ces jeunes martyrs,
Pouvait faire en nos cœurs germer les repentirs!
La France reprendrait l'influence perdue,
L'Italie en ses bords rentrerait confondue,
Et le ciel, abrégeant nos jours de châtiment,
D'un sol qu'il a volé chasserait l'Allemand!

LIBERTÉ, ÉGALITÉ, FRATERNITÉ!

Un journal sur lequel je me serais bien tu,
C'est la feuille à deux sous du citoyen Mottu;
Mais puisqu'il fait l'apôtre et qu'il personnifie
Le pur radicalisme, un mot qui signifie
Convoitise des sens, négation de Dieu,
Nous allons, s'il vous plaît, en causer quelque peu.

Aux radicaux savants, disons, par parenthèse,
Que c'est quatre-vingt-neuf et non quatre-vingt-treize
Qui dota le pays de ses droits libéraux;
Que c'est le roi-martyr et non pas ses bourreaux,
Qu'enfin c'est Louis seize et non pas Robespierre,
Qui fit entrer la France en une nouvelle ère.

Démolisseurs obscurs du trône, vous, Marat,
Robespierre et Danton, sanglant triumvirat;
Vos meurtres quotidiens, vos horribles tueries,
Vos sectaires boueux et vos femmes-furies,
Mirent la liberté dans le plus grand danger;
Car vos assassinats ont armé l'étranger.

Vous avez essayé, trois fois, la république :
Vos principes, trois fois, furent mis en pratique;
Chaque date a porté son détestable fruit :
D'abord quatre-vingt-treize, et plus tard, quarante-huit;
Enfin pour couronner vos manœuvres infâmes,
Soixante-dix livra notre Paris aux flammes!

Et c'est vous, qui venez, intègres citoyens,
Nous rabâcher encore vos absurdes moyens!
Inscrire sur le front de vos feuilles farouches,
Trois mots bénis de Dieu, mais non pas dans vos bouches!
Et qui pour attirer les niais dans vos rangs,
Vous montrez plus pervers encore qu'ignorants!

Et c'est vous, les auteurs de décrets arbitraires,
Qui criez que l'on soit : libres, égaux et frères;
Vous les usurpateurs sanglants de tout pouvoir;
Vous qui prêchez le meurtre à l'égal du devoir,
Et qui dans votre ardeur intéressée et folle,
Bâillonnez à la fois l'écrit et la parole!

Libres! oui, liberté vraie et pleine d'appas!
Vous dites : « Nous serons, nous en haut, vous en bas;
Dieu? nous le retranchons, stupidité d'y croire;
Plus d'autel, ni surtout de prêtre, bête noire;
Et tout homme devra, pour être radical,
Naître, vivre et mourir, ainsi qu'un animal. »

Liberté de s'instruire à vos seuls gynécées!
Liberté de penser par vos seules pensées!
Liberté d'épier l'homme de bien chez lui!
Liberté d'accuser et de salir autrui!
Liberté d'arracher les enfants aux familles!
Liberté de la femme et liberté des filles!

Égaux? L'égalité vous l'entendez très-bien :
« Vous avez quelque chose, et nous, nous n'avons rien,
Nous dites-vous; il faut, c'est de toute justice,
Qu'entre nos bons amis votre or se répartisse;
Ce que vous gagnerez aux sueurs de vos fronts,
Avec les fainéants nous le partagerons. »

Égalité qui veut que le plus piètre drôle,
Nous frappe, sans façon, sur le ventre et l'épaule;
Qu'on ne mette un habit que lorsqu'ils en ont un;
Qu'on ait l'air débraillé quand ils ont l'air commun,
Qu'on les salue, à terre, avec toutes les formes,
S'il leur platt d'endosser d'ignobles uniformes.

Être frères? c'est leur dernière insanité :
Ils ne sont si haineux que par fraternité!
Si contre ces tyrans un frère se mutine,
En bon frère on l'apaise avec... la guillotine,
Et l'on ne vit jamais, excès ni meurtres tels,
Que ceux de ces Caïns déguisés en Abels.

Car tous ces radicaux, ces républicains rouges,
Tous ces hommes de sang, tous ces piliers des bouges,
Précipitent le peuple, ivre, dans les combats;
Qu'on se batte pour eux, eux ne se battent pas.
Ils s'éclipsent, sans bruit, en très-prudents apôtres;
Les coups à recevoir, c'est l'affaire des autres!

Que l'émeute triomphe; ah! vous les verrez tous,
Pêcheurs des mauvais jours, s'élancer de leurs trous,
Et jetant sur la France un large coup de seine,
S'emparer du butin que leur filet ramène.
Au peuple, le fretin; pour eux, le gros poisson :
Ils mangent le pain blanc dont le peuple a le son.

Peuple! jusques à quand ces journaux matamores
Vous abuseront-ils avec leurs mots sonores?
Jusques à quand vos bras sortis des ateliers,
A leur rapacité serviront d'alliés?
Votre sang paîra-t-il leurs cupides ripailles?
Les huîtres sont pour eux, pour vous sont les écailles.

Laissez les radicaux dans la cour des Rosiers !
Vous, les honnêtes gens, vous, les bons ouvriers,
Préparez à vos fils un avenir prospère :
Indiquez-leur la voie où s'ennoblit leur père;
Sachez qu'on devient riche en se donnant du mal.
Et qu'on peut être heureux sans être radical.

TIMEO DANAOS...

Avec la République, avec tout ce qu'elle ose,
Le sort de nos enfants n'est pas couleur de rose!
Nos pères moins instruits savaient vaincre et mourir.
Nous autres impuissants, même à nous secourir,
Nous croyons préparer à nos fils la victoire
Avec l'enseignement gratuit, obligatoire!

Quels sophismes menteurs et quels sots démêlés !
Je ne m'occupe pas de ces cerveaux fêlés,
De ces confiscateurs des libertés des autres,
Professeurs d'athéisme, inconséquents apôtres,
Qui pour atteindre un but qu'on devine aisément
Prêchent l'instruction laïque seulement.

Car ceux-là, fort enclins à nous forger des chaînes,
Voudraient que nos enfants servissent à leurs haines ;
Qu'entre leurs tristes mains, nos fils abandonnés,
Se gangrènent du mal dont ils sont gangrenés,
Et qu'ils fussent nourris avec leur pourriture,
Quand l'oiseau peut, dans l'air, choisir sa nourriture.

Qu'au moins l'enseignement soit, dites-vous, gratuit ?
Qu'au sortir du berceau, l'enfant, pour être instruit,
Soit, aux frais de l'État, reçu dans une école —
Qu'il devienne savant, sans grossir d'une obole
Le total déjà lourd d'un précaire budget —
C'est, si je ne me trompe, où tend votre projet ?

Mais cette gratuité pour laquelle on insiste,
Vous savez bien, Messieurs, que de fait, elle existe;
Qu'au nord, comme au midi, dans les villes, aux champs,
Des hommes poursuivis par vos instincts méchants,
Mais très-calmes devant vos bruyantes colères
Vivent obscurément dans des maisons scolaires!

Ah! si tous ceux qui sont savants par leur journal,
Tous ces crieurs publics d'honneur national,
Possédaient seulement l'instruction sommaire
Que l'État fait donner dans l'école primaire,
La France aurait compté, les faits en sont témoins,
Des généraux de plus et des revers de moins!

Mais qui donc va chercher dans leurs pauvres familles
Pour les instruire aussi, les indigentes filles?
Qui donc leur fait aimer l'étude et ses douceurs?
Qui les sauve du mal? Sinon ces femmes-sœurs,
Anges si dévoués, sous d'humbles apparences!
Celles-là ne font pas, Messieurs, des conférences!

Ce sont ces dévoûments qui vous poussent à bout.

Vous excitez l'État à se mêler de tout,

De vos principes faux ce sont là les plus tristes,

Et c'est être, vraiment, piètres économistes,

Messieurs, que de vouloir, quand il s'agit d'argent,

Que le riche soit mieux traité que l'indigent.

Car enfin qui paîra, d'après votre système,

Ces professeurs de choix? sinon l'État lui-même!

Où l'État puise-t-il les fonds qu'il répartit?

Dans la bourse du grand comme du plus petit.

L'impôt s'accroît donc et, toute chose pesée,

Le profit indirect est pour la classe aisée.

Non, vous n'êtes pas forts dans vos conceptions,

Hypocrites faiseurs de révolutions!

Car vous ne proclamez de telles utopies

Que pour dissimuler vos tendances impies,

Et n'entendez détruire, en jouant un tel jeu,

Que les œuvres de bien et le culte de Dieu.

D'ailleurs la gratuité n'est, au fond, qu'une amorce ;

Ce qu'on veut, c'est l'enfant, soit de gré, soit de force ;

Sans songer que le père, impotent, en haillons,

Ne peut, son fils absent, achever ses sillons,

Ou qu'une mère, infirme à manier l'aiguille,

Meurt peut-être de faim sans les doigts de sa fille !

Avant qu'on puisse apprendre, il faut qu'on ait mangé ;

Rien ne nous rend l'esprit maussade et dérangé,

Qu'un estomac réduit aux menus illusoires ;

Décrétez donc d'abord les pains obligatoires ;

L'enfant ne mordra guère à votre auteur romain

S'il n'a d'abord mordu dans un morceau de pain.

Vous qui prétendez tout asservir à la règle,

Faites que l'écrevisse ait les ailes de l'aigle ;

Donnez de l'énergie à ceux qui n'en ont pas ;

Tracez notre existence aux pointes d'un compas,

Et que l'humanité s'accommode et s'ajuste,

Mathématiquement, dans vos lits de Procuste !

Si vous voulez surtout que tout soit corrigé,

Décrétez le travail, nécessaire, obligé :

Retirez des boudoirs les jeunes gens oisifs ;

Rendez les uns plus doux, les autres moins rétifs ;

Ou plutôt, inventez que l'homme puisse naître

A l'abri du besoin, sans jamais le connaître.

Puis qu'après être nés, les faibles et les forts,

Marchent du même pas, faisant mêmes efforts.

Maintenez entre tous les ressources égales ;

Qu'on ne rencontre plus ni fourmis, ni cigales ;

Enfin pour couronner vos principes vainqueurs,

Sous un même niveau, faites grandir les cœurs.

En supprimant ainsi Dieu, puis le libre arbitre,

L'on ne verra jamais, l'un prince, l'autre pitre,

Ni la pauvre ouvrière, aux doigts laborieux,

Geler dans sa mansarde et s'y crever les yeux,

Quand sa sœur, dont le fard dissimule la dartre,

Voiture au bois un chien enfoui sous la martre !

Oui, le droit des parents et leur autorité
Restent antérieurs à la société.
Que l'État veille aux mœurs, que l'État s'ingénie
A réprimer l'abus, à créer l'harmonie,
Sa part est assez large et noble ; mais l'État
Qui pénètre au foyer commet un attentat.

Et quel père d'ailleurs est hostile à l'étude?
Pourquoi se défier de sa sollicitude?
Lui ravir sur les siens sa puissante action?
L'indignité d'un père est une exception.
Pour qui confisquez-vous ses droits incontestables?
Tous les gouvernements sont-ils irréprochables?

Est-ce bien l'alphabet qui formera le cœur?
Quand, livré tout entier à votre instituteur,
L'enfant saura verser sur du papier à lettre
Le fiel que dans son âme un autre aura pu mettre,
Pensez-vous que plus tard ce savant avorté
Apporte un grand secours à la société?

Loin d'une immixtion sans raison et qui choque,
Laissez donc à chacun son devoir réciproque.
Portez, portez ailleurs vos rêves étouffants :
A Dieu d'abord, au père ensuite les enfants :
Car Dieu fit pour garder la famille prospère,
Le père pour le fils et le fils pour le père.

PARIS. — J. CLAYE, IMPRIMEUR, 7, RUE SAINT-BENOIT. — [10]